Carl Einstein

~

B e b u q u i n

Die Dilettanten des Wunders oder die billige Erstarrnis

„Carl Einsteins vielleicht wichtigstes Werk – inspiriert von Mallarmé und Baudelaire mit dem erklärten Ziel, die „Kausalität zu beschämen“ inspirierte seinerseits wiederum Gottfried Benn und den Dadaisten Hugo Ball.“ *Redaktion Gröls-Verlag* (Edition I Werke der Weltliteratur)

Redaktionelle Hinweise und Impressum

Das vorliegende Werk wurde zugunsten der Authentizität sehr zurückhaltend bearbeitet. So wurden etwa ursprüngliche Rechtschreibfehler regelmäßig *nicht* behoben, denn kleine Unvollkommenheiten machen das Buch – wie im Übrigen den Menschen – erst authentisch. Mitunter wurden jedoch zum Beispiel Absätze behutsam neu getrennt, um den Lesefluss zu erleichtern.

Wir sind bemüht, ein ansprechendes Produkt zu gestalten, welches angemessenen Ansprüchen an das Preis/Leistungsverhältnis und vernünftigen Qualitätserwartungen gerecht wird. Um die Texte zu rekonstruieren, werden antiquarische Bücher von leistungsfähigen Lesegeräten gescannt und dann durch eine Software lesbar gemacht. Der so entstandene Text wird von Menschen gegen eine Aufwandsentschädigung gegengelesen und korrigiert – Hierbei können gelegentlich Fehler auftreten. Wenn Sie ebenfalls antiquarische Texte einreichen möchten, wenden Sie sich für weitere Informationen gerne an

www.groels.de

Informieren Sie sich dort auch gerne über die anderen Werke aus unserer

Edition | Bedeutende Werke der Weltliteratur

Sie werden es mit 98,039 %iger Wahrscheinlichkeit nicht bereuen.

Die Deutsche Nationalbibliothek verzeichnet dieses Werk in der Deutschen Nationalbibliografie.

Verleger: Marcel Hermann-Josef Gröls, Poelchaukamp 20, 22301 Hamburg.
Externer Dienstleister für Distribution und Herstellung: BoD, In de Tarpen 42, 22848 Norderstedt

Inhalt

Erstes Kapitel

Die Scherben eines gläsernen, gelben Lampions klirrten auf die Stimme eines Frauenzimmers: "Wollen Sie den Geist Ihrer Mutter sehen?" Das haltlose Licht tropfte auf die zartmarkierte Glatze eines jungen Mannes, der ängstlich abbog, um allen Überlegungen über die Zusammensetzung seiner Person vorzubeugen. Er wandte sich ab von der Bude der verzerrenden Spiegel, die mehr zu Betrachtungen anregen als die Worte von fünfzehn Professoren.

Er wandte sich ab vom Cirkus zur aufgehobenen Schwerkraft, wiewohl er lächelnd einsah, daß er damit die Lösung seines Lebens versäumte. Das Theater zur stummen Ekstase mied er mit stolz geneigtem Haupt: alle Ekstase ist unanständig, Ekstase blamiert unser Können, und ging schauernd in das Museum zur billigen Erstarrnis, an dessen Kasse eine breite verschwimmende Dame nackt saß. Sie war so breit, daß sie nicht etwa auf einem Stuhl saß, sondern auf ihrem schwermütigen, weit ausgedehnten Posterieur. Sie trug einen ausladenden gelben Federhut, smaragdfarbene Strümpfe, deren Bänder bis zu den Achselhöhlen reichten und den Körper mit nicht zu aufregend vibrierenden Arabesken schmückten. Von ihren Seehundhänden starrten rote Rubinen senkrecht: "Guten Abend, Herr Bebuquin", sagte sie. Bebuquin betrat einen mühselig erleuchteten Raum, in dem eine Puppe stand, etwas dick, rot geschminkt mit gemalten Brauen, die seit ihrer Existenz eine Kußhand zuwarf. Erfreut über das Unkünstlerische setzte er sich auf einen Stuhl, einige Schritte von der Puppe entfernt.

Der junge Mann wußte nicht, was ihn am Unkünstlerischen anzog. Er fand eine stille, freundliche Schmerzlosigkeit, die ihm jedoch gleichgültig war. Was ihn immer anzog, war der merkwürdige Umstand, daß ihn dies ruhig konventionelle Lächeln bewußtlos machen konnte. Ihn empörte die Ruhe alles Leblosen, da er noch nicht in dem nötigen Maße abgestorben war, um für einen angenehmen Menschen gelten zu dürfen.

Er schrie die Puppe an, beschimpfte sie und warf sie wieder einmal von ihrem Stuhl vor die Türe, wo die dicke Dame sie etwas besorgt aufhob. Er wand sich in der leeren Stube: "Ich will nicht eine Kopie, keine Beeinflussung, ich will mich, aus meiner Seele muß etwas ganz Eigenes kommen, und wenn es Löcher in eine private Luft sind. Ich kann nicht mit den Dingen etwas anfangen, ein Ding verpflichtet zu allen Dingen. Es steht im Strom, und furchtbar ist die Unendlichkeit eines Punktes."

Die dicke Dame, Fräulein Euphemia, kam und bat ihn fortzufahren, als ein dicker Herr ihn anfuhr: "Jüngling, beschäftigen Sie sich mit angewandten Wissenschaften."

Peinlich ging ihm das Talglicht eines Verstehens auf, daß er, wo er ein Schauspiel sehen wollte, einem anderen zum Theater gedient habe. Er schrie auf: "Ich bin ein Spiegel, eine unbewegte, von Gaslaternen glitzernde Pfütze, die spiegelt. Aber hat ein Spiegel sich je gespiegelt?"

Mitleidig blickte ihn der Korpulente an. Er hatte einen kleinen Kopf, eine silberne Hirnschale mit wundervoll ziselierten Ornamenten, in welche feine, glitzernde Edelsteinplatten eingelassen waren. Giorgio wollte entweichen; Nebukadnezar Böhm schrie ihn wutvoll an:

"Was springen Sie so in meiner Atmosphäre herum, Unmensch?"

"Verzeihung, mein Herr, Ihre Atmosphäre ist ein Produkt von Faktoren, die in keiner Beziehung zu Ihnen stehen."

"Wenn auch", erwiderte liebenswürdig Nebukadnezar, "es ist eine Machtfrage, eine Sache der Benennung und Selbsthypnose."

Bebuquin richtete sich auf. "Sie sind wohl aus Sachsen und haben Nietzsche gelesen, der darüber, daß man ihm das Polizeiressort nicht anvertraute, wahnsinnig wurde und in die Notlage kam, psychologisch scharfsinnige Bücher zu schreiben."

Fräulein Euphemia bat die Herren, mit ihrem Geist rationeller umzugehen, und sie wolle gern ein Ballokal besuchen. Die beiden nickten und stampften die Holztreppe hinunter. Euphemia holte einen Abendmantel, und Nebukadnezar ergriff ein Sprachrohr und bellte in die sich breit aufrollende Milchstraße:

"Ich suche das Wunder." Der Schoßhund Euphemias fiel aus dem Sprachrohr; Euphemia kehrte angenehm lächelnd zurück.

"Beste", meinte Nebukadnezar, "Erotik ist die Ekstase des Dilettanten; ich werde Sie aber in meinem nächsten Feuilleton protegieren. Die Frauen sind immer aufreibend, da sie stets dasselbe geben, und wir nie glauben wollen, daß zwei ganz verschiedene Körper das gleiche Centrum besitzen."

"Adieu, ich will Sie nicht hindern, Ihre Betrachtungen durch die Tat zu beweisen."

Euphemia bat, daß der Dicke etwas zu trinken und zu essen aus dem Hotel hole, und kehrte um, ihren Hund zu pflegen, von dessen Unfall sie hörte. Der Dicke ergriff einen Baum und schmerzlich an den Hals. Dann ging auch er, den Hund zu pflegen. –

Nebukadnezar neigte den Kopf über Euphemias massigen Busen. Ein Spiegel hing über ihm. Er sah, wie die Brüste sich in den feingeschliffenen Edelsteinplatten seines Kopfes zu mannigfachen fremden Formen teilten und blitzten, in Formen, wie sie ihm keine Wirklichkeit bisher zu geben vermochte. Das ziselierte Silber brach und verfeinerte das Glitzern der Gestalten. Nebukadnezar starrte in den Spiegel, sich gierig freuend, wie er die Wirklichkeit gliedern konnte, wie seine Seele das Silber und die Steine waren, sein Auge der Spiegel. "Bebuquin", schrie er und brach zusammen; denn er vermochte immer noch nicht, die Seele der Dinge zu ertragen.

Zwei Arme zerrten ihn auf, preßten ihn an zwei feste breite Brüste, und lange Haarsträhnen fielen über seinen Silberschädel, und jedes Haar waren tausend Formen. Er erinnerte sich der Frau und merkte etwas beklemmt, daß er nicht mehr zu ihr dringen könne durch das Blitzen der Edelsteine, und sein Leib barst fast im Kampfe zweier Wirklichkeiten. Dabei überkam ihn eine wilde Freude, daß ihm sein Gehirn aus Silber fast Unsterblichkeit verlieh, da es jede Erscheinung potenzierte, und er sein Denken ausschalten konnte, dank dem präzisen Schliff der Steine und der vollkommenen logischen Ziselierung. Mit den Formen der Ziselierung konnte er sich eine neue Logik schaffen, deren sichtbare Symbole die Ritzen der Kapsel waren. Es vervielfachte seine Kraft, er glaubte in einer anderen, immer neuen Welt zu sein mit neuen Lüsten. Er begriff seine Gestalt im Tasten nicht mehr, die er fast vergessen, die sich in Schmerzen wand, da die gesehene Welt nicht mit ihr übereinstimmte.

"Mißbrauchen Sie mich, bitte, nicht", klang die dünne Stimme Bebuquins im Spiegel. "Regen Sie sich nicht so an Gegenständen auf; es ist ja nur Kombination, nichts Neues. Wüten Sie nicht mit deplazierten Mitteln; wo sind Sie denn? Wir können uns nicht neben unsere Haut setzen. Die ganze Sache vollzieht sich streng kausal. Ja, wenn uns die Logik losließe; an welcher Stelle mag die einsetzen; das wissen wir beide nicht. Da steckt das Beste. Beinahe wurden Sie originell, da Sie beinahe wahnsinnig wurden. Singen wir das Lied von der gemeinsamen Einsamkeit. Ihre Sucht nach Originalität entspringt Ihrer beschämenden Leere; meine auch. Ich entziehe mich Ihnen ohne weiteres. Dann spiegeln Sie sich in sich selbst. Sie sehen, das ist ein Punkt. Aber die Dinge bringen uns auch nicht weiter."

Spitzengardinen werden zusammengezogen.

Zweites Kapitel

Bebuquin wälzte sich in den Kissen und litt.

Er machte sich daran, zunächst zu erfahren, was Leiden sei, wo für ihn das Leiden noch einen Grund und Zweck berge. Er fand aber keinen; denn so oft er den Schmerz zergliederte, traf er Ursachen, oder genauer, Umwandlungen an, die alles andere als Leiden waren.

Er erkannte das Leiden als Stimulanz zur Freude, als angenehmes Ausgespannt-werden und sagte sich, daß nirgends ein Leiden aufzufinden wäre, und im Ganzen in einer solchen Bezeichnungsweise eine lächerliche Naivität des Vermischens liege; daß das Logische nichts mit dem Seelischen zu tun habe, fiel ihm auf; daß es eine gefälschte Zurechtmachung wäre. Er fand das Logische so schlecht wie Maler, die für die Tugend ein blondes Frauenzimmer hinsetzen.

"Der Fehler des Logischen ist, daß es noch nicht einmal symbolisch gelten kann. Man muß einsehen, ihr Dummköpfe, daß die Logik nur Stil werden darf, ohne je eine Wirklichkeit zu berühren. Wir müssen logisch komponieren, aus den logischen Figuren heraus wie Ornamentkünstler. Wir müssen einsehen, daß das Phantastischste die Logik ist."

Ein Grauen überlief ihn, da er der Gegenstände gedachte, die ihn stets aufsaugen wollen; wie er die Gegenstände durch seine Symbolik vernichte, und wie alles nur in der Vernichtung existiere. Hier sah er eine Berechtigung alles Ästhetischen; aber zugleich auch, daß er, da er keinen ganzen Endzweck mehr sah, den einzelnen leugnen mußte.

Er sehnte sich nach dem Wahnsinn, doch seinen letzten ungezügelten Rest Mensch ängstigte es sehr. Seine einzige Rettung schien eine anständige Langweile zu sein; aber nicht, um sich damit wie der lebensfrohe Schopenhauer die Berechtigung zu einem System zu erschleichen; obwohl ihm klar wurde, daß in der Langenweile ein Stilfaktor ersten Ranges latent sei. Er blätterte in einigen Mathematikbüchern, und viele Freude bereitete es ihm, mit der Unendlichkeit umherzuspringen, wie Kinder mit Bällen und Reifen. Hier glaubte er in keinem Hinübergehen in die Dinge zu stehen, er merkte, daß er in sich sei.

Er sah ein, daß es verfehlt sei, sich Dichter zu nennen; daß er in der Kunst immer im Rausch der Symbole bleibe. Es genügte ihm keineswegs, daß die Technik der Poesie symbolisch sei, und ihre Gegenstände damit einen ganz anderen Sinn erhielten; noch immer fand er, daß die sprachliche Darstellung eben nur unreine Kunst sei, gemessen an der Musik.

Er verwünschte die Anstrengungen der Wissenschaftler, die Musik auf reale physiologische Vorgänge zurückzuführen. Aber es berührte ihn entschieden angenehm, daß sie ihre Verdauung interpretierten, doch alles Künstlerische mit großer Sicherheit umgingen. Es freute ihn, wie sich hier eine alte Meinung bestätigte, daß die Teile über das Ganze garnichts aussagten, das Synthetische in der logischen Analyse die unbewußte Voraussetzung sei; und man gerade die Hauptsache somit sicher umgehe, wie es diese Psychologen taten.

Traurig rief er aus, "welch schlechter Romanstoff bin ich, da ich nie etwas tun werde, mich in mir drehe; ich möchte gern über Handeln etwas Geistreiches sagen, wenn ich nur wüßte, was es ist. Sicher ist mir, daß ich noch nie gehandelt oder erlebt habe."

"Auch nie genossen, Idiot", fauchte Nebukadnezar in die Stube, und schlug wieder den Deckel des Nachtstuhles zu. Leuchtende kleine Wolken glühten auf, und ein Vorhang aus Mull mit zarten Blumen überdeckt, wurde auseinandergezogen.

"Mein Herr, Sie faselten eben von einer reinlichen Scheidung Ihres Ichs. Ich merke, Sie suchen Gott. Nun ja, ich gestehe, es ist schwer einzusehen, daß alles Relative eben durch den Genuß und ähnliche passive Räusche absolut wird. Den Weg zu Dingen zu vergessen, haben Sie eben noch nicht fertig gebracht, aber die Resultate sind gleich, Sie Säugling mit der Denkerstirn", schrie er mit erhobenem Zeigefinger. "Ich habe mich noch nie dafür interessiert, was ich genieße, aber daß ich genieße, war mir stets von größter Wichtigkeit." "Mein Herr, Sie suchen Zwecke mit ihrem Bauch. Entfernen Sie sich. Im übrigen war Ihre jenseitige Genußmaschine gefährlich. Ich wohnte doch Ihrem seligen Abscheiden bei."

"Sie sehen also immer noch nicht ein, daß lediglich die Nervenstränge rissen. Mein ciseliertes Hirn war bei weitem dauerhafter. Es ist empörend, daß Ihr mißlicher Ernst mich stets zu faulen Witzen reizt. Jetzt haben Sie Ihre eigenste Spiegelung weg."

Er setzte sich zu Bebuquin ins Bett.

"Bebuquin", begann er gütig, "Sie sind ja immer noch ein Mensch. Variieren Sie sich doch einmal, monotoner Kloß. Gestatten Sie mir, daß ich Ihnen von den Gärten der Zeichen, die Geschichte von den Vorhängen erzähle. Narzissus, Unproduktiver." Giorgio zog sich die

Decke von den Ohren, steckte einen Cakes in den Mund, und Böhm hub an:

Drittes Kapitel

Die Geschichte von den Vorhängen.

Ich stand vor einem großen Stück aus Sackleinwand und schrie: "Knoten seid ihr."

"Müssen Sie denn immer schimpfen?"

"Unterbrechen Sie mich nicht. Aber ich habe das Bedürfnis, mich zu dokumentieren. Bald merkte ich es, daß niemand anders die Sackleinwand sei, als ich. Es war die erste Selbsterkenntnis. Aber ich drang weiter. Ein großes Gepolter begann. Ein Sturm zerriß mich. Ich schrie vor Schmerz. Ich merkte, wie der größte Teil der Leinwand zum Teufel ging. Aber dann war ich total von mir geblendet. Denken Sie, ich war ein stählernes Gebirge, das auf dem Kopf stand. Zarte Seelenblumen cachierten die Abgründe, die mit keinem Schock Sofakissen auszufüllen waren.

Ich begriff den ganzen Unsinn und merkte, daß ein Sandkorn bei weitem wertvoller sei als eine unendliche Welt. Es ging mir auch das Infinitesimale, das Wunder der Qualität auf, das weder historisch, noch sonst wie aufgelöst werden kann. Jedenfalls merkte ich mir, daß es lediglich auf eine möglichst ungehinderte Bewegung ankomme. Ich gestehe zu, daß hier das Logische nicht ausreicht, weil jedes Axiom das andere widerlegt. Denken Sie daran, daß man mit dem Satze vom kausalen Denken eben gerade auf das Unkausale kommt, aber mit grüner Ergebung gehe ich auf die Hauptsache los. Ich sagte mir, Böhm werde dich los.

Alles Persönliche ist unproduktiv. Sei Vorhang und zerreiße dich. Beschimpfe dich so lange, bis du etwas anderes bist. Sei Vorhang und Theaterstück zugleich. Wenn du eine Sehnsucht hast, dann handle stets im umgekehrten Sinn; denn sonst steckst du zu bald im Leim. Ich habe es stets gesagt, das Umgekehrte ist genau so richtig. Aber gehen Sie nicht mehr auf zwei Beinen. Warum amputieren Sie nicht eins heroisch unter der Bettdecke weg? Genuß verlangt Selbstbeherrschung und Qual.

Grundsatz: vermeiden Sie das Gleichgewicht.

Sie sehen, meine silberne Gehirnschale ist asymmetrisch. Darin liegt meine Produktivität. Über den sich fortwährend verändernden Kombinationen verlieren Sie das unglückselige Gedächtnis für die Dinge und den peinlichen Hang zum Endgültigen. Was Sie bisher nicht zu denken wagten. Die Welt ist das Mittel zum Denken. Es handelt sich nicht um Erkennen, das ist eine phantastische Tautologie. Hier geht es um Denken, Denken. Dadurch ändert sich die ganze Affäre, mein Herr. Genies handeln nie, oder sie handeln nur scheinbar. Ihr Zweck ist ein Gedanke, ein neuer, neuester Gedanke.

Mein Herr, verstehen Sie jetzt den großen Napoleon. Der Mann war nicht ehrgeizig. Das ist die Projektion der Universitätsintriguen und der Dilettanten. Der Mann versuchte immer neue Mittel, um denken zu können; aber er war etwas Ideologe. Nur eines bitte ich mir aus: werfen Sie mich nicht mit der haltlosen Gefühlsduselei eines Pantheisten zusammen. Diese Leute haben nie ein gutes Bild begriffen; da steckt ihr Fehler. Das sind unkonzentrierte Gymnasiasten, die deswegen über einen Begriff nicht hinauskommen, und gerade den leugne ich. Der Begriff ist gerade so ein Nonsens, wie die Sache. Man wird nie die Kombination los. Der Begriff will zu den Dingen, aber gerade das Umgekehrte will ich. Ich richte meine Aufmerksamkeit auf den Genuß. Sie wissen nun, daß mein Ende fast als ein tragisches zu bezeichnen ist. Ziehen Sie sich aber an. Wir wollen einer hypothetischen Handlung beiwohnen, nämlich meinem Seelenamt."

Viertes Kapitel

Seit Wochen starrte Bebuquin in einen Winkel seiner Stube, und er wollte den Winkel seiner Stube aus sich heraus beleben. Es graute ihm, auf die unverständlichen, niemals endenden Tatsachen angewiesen zu sein, die ihn verneinten. Aber sein erschöpfter Wille konnte nicht ein Stäubchen erzeugen, er konnte mit geschlossenen Augen nichts sehen. "Es muß möglich sein, genau wie man früher an einen Gott glauben konnte, der die Welt aus nichts erschuf. Wie peinlich, daß ich nie vollkommen sein kann. Doch warum fehlt mir sogar die Illusion der Vollkommenheit?" Da merkte er, daß eine gewisse Vorstellungsfähigkeit des Tatsächlichen noch in ihm sei. Er bedauerte dies, wiewohl ihm alles gleichgültig erschien. Es war nicht, daß die generellen Instinkte in ihm abgestorben wären. Er sagte sich, daß der Wert etwas Alogisches sei, und er wollte damit nicht Logik machen. Er spürte in diesem Widerspruch keine Belebung, sondern Aufhebung, Ruhe. Nicht die Verneinung machte ihm Vergnügen.

Er verachtete diese prätentiösen Nörgler. Er verachtete diese Unreinlichkeit des dramatischen Menschen. Er sagte sich, vielleicht nötige ihn nur seine Faulheit zu dieser Betrachtung. Doch die Gründe waren ihm nebensächlich. Es handelte sich um den Gedanken, der logisch war, woher auch seine Ursachen kamen.

Böhm begrüßte ihn leise und freundlich. Er wollte sich nach seinem Tode etwas schonen, da er noch nichts Sicheres über die Unsterblichkeit wußte. "Es ist anständig und läßt Sie in gutem Licht erscheinen, wie Sie sich mit Todesverachtung um das Logische bemühen. Aber leider dürften Sie keinen Erfolg haben, da Sie nur eine Logik und ein Nichtlogisches annehmen. Es gibt viele Logiken, mein Lieber, in uns, welche sich bekämpfen, und aus deren Kampf das Alogische hervorgeht. Lassen Sie sich nicht von einigen mangelhaften Philosophen täuschen, die fortwährend von der Einheit schwatzen und den Beziehungen aller Teile auf einander, ihrem Verknüpftsein zu einem Ganzen. Wir sind nicht mehr so phantasielos, das Dasein eines Gottes zu behaupten.

Alles unverschämte Einbiegen auf eine Einheit appelliert nur an die Faulheit der Mitmenschen. Bebuquin, sehen Sie einmal. Vor allen Dingen wissen die Leute nichts von der Beschaffenheit des Leibes. Erinnern Sie sich der weiten Strahlenmäntel der Heiligen auf den alten Bildern und nehmen Sie diese bitte wörtlich. Doch das alles sind Gemeinplätze. Was Ihnen, mein Lieber, fehlt, ist das Wunder. Merken Sie jetzt, warum Sie von allen Sachen und Dingen abgleiten? Sie sind ein Phantast mit unzureichenden Mitteln. Auch ich suchte das Wunder. Denken Sie an Melitta, die aus dem Sprachrohr fiel, und wie ich mich blamierte. Man braucht die Frauen überhaupt nur, um sich zu blamieren.

Es ist das eine Selektion, die gerecht ist, gerade weil in der Frau nur Dummheit steckt. Darum redet man bei ihr von Möglichkeiten und meint zuletzt, daß die Frau phantastisch sei. Hinter eines kam ich seit meinem seligen Abscheiden. Sie sind Phantast, weil Sie nicht genügen können. Das Phantastische ist gewiß ebenso Stoff- wie Formfrage. Aber vergessen Sie eines nicht. Phantasten sind Leute, die nicht mit einem Dreieck zu Ende kommen. Man soll nicht sagen, daß sie Symbolisten sind. Aber in Gottes Namen, Ihnen ist dieser Dilettantismus nötig. Sie sahen noch nie ein paar Leute, nie ein Blatt. Denken Sie eine Frau unter der Laterne, eine Nase, ein Lichtbauch, sonst nichts.

Das Licht, aufgefangen von Häusern und Menschen. Damit wäre noch etwas zu sagen. Hüten Sie sich vor quantitativen Experimenten. In der Kunst ist die Zahl, die Größe ganz gleichgültig. Wenn sie eine Rolle spielt, so ist sie bestimmt abgeleitet. Mit der Unendlichkeit zu arbeiten, ist purer Dilettantismus. Hier gebe ich Ihnen noch einen Ratschlag, der Sie später vielleicht anregt. Kant wird gewiß eine große Rolle spielen. Merken Sie sich eins. Seine verführerische Bedeutung liegt darin, daß er Gleichgewicht zustande brachte zwischen Objekt und Subjekt.

Aber eines, die Hauptsache vergaß er: was wohl das Erkenntnistheorie treibende Subjekt macht, das eben Objekt und Subjekt konstatiert. Ist das wohl ein psychisches Ding an sich? Da steckt der Haken, warum der deutsche Idealismus Kant dermaßen übertreiben konnte. Unschöpferische werden sich stets am Unmöglichen erschöpfen. Keine Grenzen kennen, wieviel Seelisches die Gegenstände ertragen, verantworten können. Alle Unendlichkeitsrederei kommt von ungeformter arbeitsloser Seelenenergie. Es ist der Ausdruck der potentiellen Energie, also eine Sache des kräftigen Nichtkönnens."

Fünftes Kapitel

Um die Tische verbanden sich die Wiener Rohrstühle zu rhythmischen Guirlanden. Die Nase eines Trinkers konzentrierte die Kette jäh. Die Lichter hingen klumpenweise von der Decke und zerplatzten die Wände zu Fetzen. "So vernichtet eines den anderen", bemerkte hierzu der jugendliche Maler Heinrich Lippenknabe.

"Ich bin darauf dressiert, überall die Negation aufzufinden.

Ja, trotzdem die Gemütlichkeit der Vernichtung ist das Interessanteste. Lachhaft ist die Gespanntheit von allem. Ich bedaure, daß sich Kunst und Philosophie die Aufgabe stellen, dies immer Fragmentarische als ruhende Form zu geben. In unserem Energieverbrauch muß es Teilungsgewohnheiten geben. Die Energie der Form verbirgt oft allzu heftige Angst vor Erweiterung, beweist den Rhythmus der Müdigkeit.

Immer beschäftigte es mich, alles nur vorläufig zu betrachten. Immer stieß ich auf Zustände der Völker, wo diese ablassend von strengen Werten nach kurzer Irre sich der Kunst zuwandten und hier sich Absolutes erschlichen mit dem Unterbewußtsein, dies sei erlaubt, und führten nämlich ihre ästhetischen Gründe an in artistischem Sinne. Bald vergaßen sie diese und hatten gemächliche Werte, auf denen es sich bequem ausruhen, arbeiten und leben ließ. Das Ästhetische reagierte ethisch ab, zunächst mit Übertreibungen.

Ich gestehe, mit Vergnügen bemerkte ich, daß sich aus der symbolischen Kunst eine Formkunst bei einigen Begabteren abtrennte, aber vielleicht schuf das Symbol das Artistische, da dieses die Grenzenlosigkeit des ersteren überwinden mußte, woraus sich die heutige Scheidung ergibt.

Fiel es Ihnen nicht auf, daß die früheren Christen durch die Bilder disputieren und denken, und gerade darum waren sie zur größten Energie der Form und zur beständigen sinnlichen Variation eines in sich stille Bleibenden gezwungen."

Bebuquin sagte: "Das Verdienst Schopenhauers, die Ruhe als Wesen aller Dinge und Subjekte eingeführt zu haben, ist stets hervorzuheben. Er gab damit die unbewegte Idee Platos wieder, das strenge, unberührte Gesetz; aber fürwahr, das Wesen ist ein Nichts. Doch ist die Reduzierung auf Eindrücke peinlich. Schwerlich werde ich mir einmal über den Produktiven klar. Dieses kindliche Suchen nach einem Anfang wird mich schädigen."

Euphemia trat in das Cafe ein. Das gelbe Licht gab ihren Röcken, – die sich wie Wogen von Rudern bewegten, über ihren straffen Beinen schäumten, – Konturen, die in ihrem Hut zusammenliefen und an dem weit überhängenden Federbouquet ihres Hutes versprühten. Man hatte sie seit langem nicht mehr gesehen, da sie mit einem Knaben niedergekommen war. Die Geburt war für ihren Körper anscheinend vorteilhaft gewesen. Unwillkürlich dachte Bebuquin, an dem Kinde habe sie sich ihres Fettes, ihrer bisherigen schlechten Erfahrungen entledigt. Sie sah geradezu jungfräulich aus.

"Was ist doch das für ein Unglück, daß wir Männer vom Weibe kommen."

Euphemia: "Nun, mein Junge, wie habe ich mich erholt?"

Heinrich Lippenknabe hub aber ein Lied an, das der bleiche lange Piccolo mit dem Rauschen der Vorhänge und dem Klingen der metallenen Schnürgriffe accentuierte.

"Weit stinkt uns die Einsamkeit entgegen.
Auf allen unseren grauen Wegen
krallt unser Auge sich an einen blauen Fleck,
die Einsamkeit,
es ist ein dunkelklitschig Zimmer
ohne Wände, doch hat keiner ihre Höhe je ermessen.
Um uns tanzt der Kosmos voll Finessen,
doch fällt auf mich kein Schimmer."

"Hören Sie mit dem Blödsinn auf. Ich möchte die ganze Geschichte in mich konzentrieren."

"Das können Sie ohne weiteres, glauben Sie es einfach."

Ich dachte schon oft, daß unsere Meinungen als strenge Umkehr der Tatsachen aufgefaßt werden können.

Negation besagt garnichts, ebenso wenig die Bejahung. Das Künstlerische beginnt mit dem Wort anders. Künstlerische Formen können sich dermaßen verfestigt haben, über die Dinge hinausgewachsen sein, daß sie einen neuen Gegenstand erschaffen. Ihnen ist die Welt zum Greuel geworden, die sich dem Maskenspiel des Dichters opfern soll. Aber wir sind in unser Gedächtnis eingeschlossen, auf Tautologien angewiesen – ich sehe dabei von der Existenz des Wortes "Form" ab.

Das Wesentliche dieses Wortes ist, daß es mit Nichts alles enthält, aber zugleich mehr ist, als Begriff oder Symbol. Auf der einen Seite geht es über das Logische weit hinaus und läßt von der Erfahrung bedeutendere Merkmale zurück; sie besitzt Selbstbewegung, Ruhe und Bewegung sind zugleich in ihr eingeschlossen. Das Symbol gab die Vor- und Nachfolgen der Form, das Empirische und ein Fremdes; die Form aber verbarg sich ungesehen zwischen den beiden Gliedern. Die Form weist auch über die Kausalität hinaus, zugleich besitzt sie vorzüglichere Eigenschaften, als die Idee; sie ist mehr als ein Prozeß. Vor allem aber vermag sie sich mit jedem Organ und Ding zu verbinden; da ihre Verpflichtung an die Gegenstände eine denkbar lose ist, gebietet sie diesen ohne Vergewaltigung. In ihr beendet sich die christliche Verneinung der Gestalt; gerade jene wird von ihr erstrebt mit den reinen Kräften der Seele. Der Christ gab nie ein wenigstens scheinbares Endresultat, er verneinte und vergewaltigte krampfhaft. Vielleicht gebiert die Form neue Gegenstände; sie ist von ihrem Ursprünglichen entfernter, als der Begriff, und eine Deduktion von ihr ist durchaus von einer begrifflichen unterschieden. Die Anschauung gewinnt in ihr eine Kraft, die vorher dem Begriff allein zugesprochen wurde."

Sechstes Kapitel

Eine blaue Hutfeder Euphemias besoff sich blitzend in der grünen Chartreuse.

Bebuquin schaute mit seinem linken Bein in die Ecke der Bar, wo Heinrich Lippenknabe nachdenkerisch in die broncierte Nabelhöhle einer Hetäre eine Orchidee arrangierte und sie mit Cognac begoß.

"Wer ist der Vater?" schrie die Büffetdame.

Der Schein der elektrischen Lampen fuhr ihr durch die Spitzen zum Knie, tanzte über die Kristallflacons und die Sektkühler erregt rückwärts; das sonst anständige elektrische Licht!

"Keiner", schaute Euphemia mit kreisförmig ausgebreiteten Augen. "Ich kriegte ihn im Traum."

"Quatsch", rief Heinrich Lippenknabe, "sie meint ein vergebliches Präventiv."

"Erstens hatte ich keine Ahnung, wer der Vater sein kann. Das ist auch gleichgültig." Sie sah erschreckt drein.

"War es vielleicht Böhm?" fragte Bebuquin.

Euphemia schrie senkrecht auf.

"Der kommt immer, er wird das Kind stillen, er hat jetzt eine solch milchfarbene Schädelplatte, seit er starb, und er benutzt seinen Schlingdarm, für den er jetzt keine Verwendung mehr hat, als Zither und singt sehr ergreifend dazu den Pythagoräischen Lehrsatz. Er sagte, der Junge müsse ein ganz intellektueller werden."

"Ja, dein Embryo schrieb doch eine philosophische Arbeit und doktorierte auf Geburt; nicht wahr, die Geschichte heißt: die zerstörte Nabelschnur oder das principium individuationis."

"Ja", flüsterte Euphemia, "er hat bereits der Welt entsagt, er wird geistig, ist ganz wunschlos, unreinlich und schweigsam. Außerdem hat er eine sensible Haut, die wechselt fortwährend Farbe. Kann man ihn nicht als Reklametransparent benutzen? Man spart farbige Glühlampen."

"Das Alogische wächst, das Alogische siegt, er wird nicht abgeleitet."

Bebuquin balancierte auf dem kippligen Barstuhl.

"Darum, meine Damen, werden so viele verrückt. Wir entbehren der Fiktionen, der Positivismus ruiniert."

Die Buffetdame kniete verzückt zwischen den Sektkühlern.

"Herr, wir konzipieren zu materiell."

Ihr Spitzenkleid umglitzerte sie, Ornament des Traums.

Die Sektkühler, heilige Gefäße des Unsäglichen. "Wir opfern nichts mehr", schrie Bebuquin auf die Straße, "Das Sublime geht verloren. Das Wunder kritisiert Ihr, das Wunder hat nur Sinn, wenn es leibhaftig ist, aber Ihr habt alle Kräfte zerstört, die über das Menschliche hinausgehen."

"Ich will, daß der Geist sichtbar werde", stöhnte Heinrich Lippenknabe.

"Das Nichts soll sich materialisieren", die Dame mit der Orchidee in der Nabelhöhle.

Böhm stand unter ihnen.

Er sagte:

"Das Naturgesetz soll sich im Alkohol besaufen, bis es merkt, es gibt irrationale Situationen, und einsieht, gesetzmäßig ist nur der Demokrat mit dem Reichstagswahlrecht und die Schwachheit. Das Gesetz realisiert sich seelisch nie, es hängt sinnlos an dem Nagel irgend eines schlechten Mathematikaxioms.

Wenn etwas auf das Gesetz erkannt wird, beweist es nur, die Sache ist als Erlebnis überlebt. Das Gesetz ist die Vergangenheit, dem Tod unterworfen.

Sic.

Es fehlen uns die Ausnahmen.

Zu wenig Leute haben den Mut, vollkommenen Blödsinn zu sagen. Häufig wiederholter Blödsinn wird integrierendes Moment unseres Denkens; bei einer gewissen Stufe der Intelligenz interessiert man sich für das Korrekte, Vernünftige gar nicht mehr.

Die Vernunft macht zu viel Großes, Erhabenes zum Grotesken, Unmöglichen. An der Vernunft ruinierten wir Gott die umfassende Idiosynkrasie.

Welches Recht hat die Vernunft dazu. Sie sitzt.

Auf der Einheit.

Da sitzt die Gemeinheit.

Es gibt so viele Welten, die garnichts miteinander zu tun haben, so wenig, wie grüne Chartreuse mit den Visionen, in die sie sich umsetzt.

Wenn ein sympathischer Zeitgenosse sich mit Außerordentlichem abgibt, sperren sie ihn ins Irrenhaus.

Meine Herren, der Mann interessiert sich nur nicht für Ihre rationale Welt. Warum wollen Sie denn nicht einsehen, wenigstens daß Ihre Vernunft langweilig ist?

Alles stilisiert die Vernunft, das meiste verschleißt sie zu angeblich belanglosen Übergängen, das andere ist Kanon, das Wertvolle, das Langweilige, Demokratische, das Stabile.

Meine Herren, die Intelligenz und Phantasie der Leute hat sich darin zu zeigen, das man den Blitz einfängt, differenzieren Sie. Ich versichere Sie, ich zum Beispiel lebe nur, weil ich mich mir suggeriere, in Wirklichkeit bin ich tot. Sie wissen doch, ich ließ mich einsargen.

Aber ich versprach mir, als Reklame für das Unwirkliche herumzulaufen, bis irgend ein Idiot ein Wunder an mir erlebt. Sehet, Babys, unwirklich, nichts, das sind Bezeichnungen für eure schlechten Augen. Wenn es eine künftige Fülle gibt, dann kommt sie aus dem Nichts, dem Unwirklichen. Das ist die einzige Garantie für die Zukunft.

Der Utilist und der Vernünftler sagen für das Imaginäre Trug und Maja, für das Nichts Vacuum oder Äther. Das sindLeute, die wollen alles in den Mund nehmen und essen oder zu einer Moral aufschneiden. Aber das Nichts ist die indifferente Voraussetzung allen Seins. Das Nichts ist die Grundlage, nur darf man nicht an Robert Meyer glauben und alle Existenz ist doch nur eine Einschränkung des Nichts. Die Existenz in Formen ist ein Sofa, eine Schlummerrolle, eine ebenso unverbindliche, wie langweilende Konvention, Wenn man frei und kühn zum Leben in vielen Formen ist, wenn man den Tod als ein Vorurteil, einen Mangel an Phantasie ansieht, dann geht man aufs Phantastische, das ist die Unermüdlichkeit in allen möglichen Formen. Ich gebe zu, die Vernunft macht alles bequem, sie konzentriert, aber sie zerstört zu viel, macht zu vieles lächerlich und gerade das Größte. Man muß das Unmögliche so lange anschauen, bis es eine leichte Angelegenheit ist. Das Wunder ist eine Frage des Trainings.

Euphemia, euch mangelt ein Kult.

Der Romantiker sagt: seht ich habe Phantasie, und ich habe Vernunft, ich bin sonderlich und sage mitunter Sachen, die es nicht gibt, wie euch das meine Vernunft hinten nach zeigt. Wenn ich sehr poetisch sein will, sage ich dann, die Geschichte hat mir geträumt. Aber, das ist mein sublimstes Mittel, damit muß man sparen. Und dann kommen noch Masken und Spiegelbild als romantischer Apparat. Aber, Herrschaften, da ist Asthetizismus bei. Beim Romantiker macht man einen Schritt vorwärts und zwei zurück. Das ist ein zuckendes Klebpflaster."

Er begoß die noch nicht Verschiedenen mit Absinth.

"Hier ein Mittel des Dilettanten."

Bebuquin fuhr Euphemia an die Nase und umarmte sie zugleich leidenschaftlich.

Ein Sturmregen pointilliert die großen Scheibenfenster. "Wir bedürfen einer Sündflut.

Man hat bis jetzt die Vernunft benutzt, die Sinne zu vergröbern, die Wahrnehmung zu reduzieren, zu vereinfachen. Im ganzen, die Vernunft verarmte; die Vernunft verarmte Gott bis zur Indifferenz; töten wir die Vernunft; die Vernunft hat den gestaltlosen Tod produziert, wo es nichts mehr zu sehen gibt.

Noch für Dante war der Tod ein Vorwand für Glanz, Farbe, Reichtum und Lust. Nehmen wir unsere Sinne, entreißen wir sie der Ruhe der Stupidität platonischer Ideen, beobachten wir den Moment, der viel eigenartiger ist, als die Ruhe, weil er differenziert und charakteristisch ist, gar keine Einheit hat, sondern sich zwischen vorn und hinten restlos aufteilt."

Der tote Böhm tanzte dankend auf Euphemias Hut und versank im Büffet; er legte sich wieder in eine seltsame Cognacsorte, die er von jeher geliebt.

Siebentes Kapitel

Die drei Bogenlampen schweben in der Bar. Ihre Strahlen losgelöst vom inneren Lichtkern durchbohrten sich wie Stricknadeln. Böhm im Cognac stieg heraus, tanzte hinter den Kristallflacons der farbigen Schnäpse, leise trällernd den Cancan des Chamäleons serpentina alcoholica.

Die Monde der Bogenlampen wurden obscön, ihre Strahlen fingerten in der Dekolletage der Damen, man hörte auf Bebuquins leise trockene Stimme, der von seiner letzten Liebschaft erzählte.

"Der Abschied von der Symmetrie.

Meine letzte Geliebte stand im Garten zur sympathischen Kurve – ist eine Vase aus Knidos. Ein reiches Weib besaß sie, konnte sie aber nicht um sich vertragen, weil sie die Konkurrenz mit der Vase nicht bestreiten konnte. Sie stieß bedeutend mit der Zunge an und sah ästhetische Jünglinge bei sich. Um Bildung zu markieren, zeigte die Dame den Jünglingen stets die knidische Vase. Also die Jünglinge verglichen kunstgewerblich die Dame mit der Vase. Der Pot hatte unbedingt die Form eines schlanken Weibes, die Dame zog dabei den kürzeren und kam mit ihrer Liebe zur Kunst nicht auf ihre Kosten. Diese Vase ruinierte mich fast, meine Sinne waren ziemlich abstrakt gestimmt. Ich suchte wochenlang nach der Frau, welche die Proportionen der Vase habe. Selbstverständlich vergeblich. Höchstens die Puppe in Euphemias billiger Erstarrnis. Aber das stimmte alles nicht. Im Traum stieg ich zur Vase und zerbrach sie regelmäßig.

Das Gefäß machte mich zum Klassicisten, zum symmetrisch geteilten Stilisten. Da fand ich's. Die Symmetrie ist wie die platonische Idee eine tote Ruhe. Böhm sagte mal, ich sollte mir ein Bein amputieren. Das war brutal, aber ganz richtig. Doch die Sache war mir damals nicht klar, die Symmetrie ist langweilig wie die Mechanik. Zuletzt ließ ich mir die knidische Vase schenken. Damit war der Dame des Hauses und mir gedient. Nach einer ziemlich schlimmen Nacht schlug ich den Topf entzwei. Es ging ums Leben. Seitdem bin ich Romantiker geworden."

Bebuquin sah garnicht, daß die Hetäre und Euphemia krampfhaft unter den Bogenlampen saßen, Liköre tranken und in das Licht starrten. Lippenknabe küßte seine Maitresse auf den Arm. Grell schrie sie auf und wehrte den Maler deutlich mit einer langen spitzen Hutnadel aus dem zuckenden Lichtkreis ab.

Er zog sich notgedrungen zurück.

Die Frauen lagen verzückt unter den starren, stechenden Dolchen der Bogenlampen.

Sie stöhnten wie Tiere.

Die Lampen begannen zu zucken, sie zischten.

Bebuquin drehte die Leitung ab.

Die Frauen schraken verstört auf.

Der Maler sagte eifersüchtig:

"Sonnenkult" und ging.

Bebuquin blieb mit den Frauen. Man trank weiter, der Alkohol redete wie Gott aus dem Munde der Propheten.

Der fahle Morgen betupfte die Scheiben.

Er krauchte die Häusermauern hinunter.

Die drei Leute ängstigten sich vor der Trennung.

Denn man geht erst, wenn die Erschöpfung vollendet ist.

Sie kauerten zusammen, eine kalte, feuchte Schlange zog sich immer enger um die drei.

Der Schrecken des Farbenwechsels der übergehenden Zeiten machte sie stumm. Die Nacht, welche die vom Lichtübergrellten Gesichte liebt, starb in den Tag hinein. Man fühlte, man müsse die Nächte zu einem ernsten Training benutzen, denn die drei wollten um jeden Preis Visionäre werden, ganz unmenschlich sein. Sie waren ihres Körpers und seiner Formen unabweislich müde geworden und spürten, daß sie sich verzerren müßten.

Unter der blöden Sonne gingen die Grauen heim.

Die Landschaft war auf ein Brett gestrichen, die aufgerissenen Augen spürten nicht mehr vor Überreizung, daß es heller und klarer wurde. Das Licht der Glühlampen und die sie umhüllende Finsternis steckte noch in den Sehnerven. Bebuquin suchte weinend der Sonne in einen imaginären Bauch zu treten. Ein Brillant über Euphemias Decollete fing das unverbrauchte Morgenlicht auf, koncentrierte das

Licht. Giorgio erschrak vor der Blitzenden, schrie "verflucht" und suchte ihre Wohnung auf.

Die Hetäre zog allein weiter. Man ließ sie unbenutzt stehen, sie spannte ihren pfaufarbenen Schirm auf, sprang wild ein paarmal in die Höhe, dann fügte sie sich in die Fläche einer Litfaßsäule, sie war nur ein Plakat gewesen für die neueröffnete Animierkneipe "Essay".

Achtes Kapitel

Durch die regengepeitschte Nacht fuhr in ihrem Auto die Schauspielerin Fredegonde Perlenblick. Sie hörte außerdem auf den Namen Mah bei jüngeren Liebhabern, Lou, wenn sie dämonisch war, und Bea, wenn sie eine Familie zu ersetzen suchte. Sie fuhr mit zwei erschrecklich blendenden Scheinwerfern, die im glitschrigen Asphalt, in dessen Regenwasser die Schatten der letzten Trotteurs gaukelten, weiße Lichtgruben aufrissen. Ihre Autohuppe hatte entschieden dramatische Kraft.

Der Chauffeur hielt einen tragischen Recitationsstil inne, die Huppe hatte das dramatische R. Auf dem Dache des Coupes war ein Kintop angebracht, der den verschlafenen Bürgern zeigte, wie die Schauspielerin Fredegonde Perlenblick sich auszog, badete und zu

Bett ging. Ehe es dunkel wurde, erschien über dem Bett kalligraphisch "Endlich allein?" Unter der Bilderreihe des rasenden Kinema stand zum Beispiel "Ich trage den Strumpfhalter ›Ideal‹" oder sonst irgend eine wertvolle Empfehlung. Die Schauspielerin ließ vor der Bar halten. Sie stieg aus, es war noch niemand da. Ihr erster zündender Blick, der das Lokal durchkreiste, blieb unerwidert.

Sie setzte sich hin und war schön für sich selbst.

Bebuquin stieg über die Schwelle.

"Gnädigste, Sie sitzen auf einer Hypothese."

"Ja, ich bin wie ein verkleideter Knabe."

Die Dame zog den Blick Nummer fünf. Sie merkte, diesmal müßte sie auf höherem Niveau einsetzen.

"Gnädigste wissen Sie, Sie beweisen mir durchaus die Nichtexistenz des Materiellen."

"O, wir werden ja auch beim Theater, soweit angängig, Stilisten. Ich habe schon ein Reformkleid versucht, aber das ist so schwer zu tragen. Entweder man sieht wie permanente Jungfrau aus, oder schlechthin verheiratet. Ein Mittelstück gibt's da garnicht."

Sie markierte erregten Busen.

Man war still.

Der schalkige Böhm befunkelte aus seiner Cognacbütte den Hals Fredegondes. Sie reagierte. Bescheiden sprach er:

"Gnädigste, wollen Sie einen Edelstein aus meinem Kopf?"

"Ich habe den Büchmann und eine lyrische Anthologie. Das genügt", sagte sie entrüstet.

"Ich meine ja ganz richtige."

"Vorher mußte ich auf einer Hypothese sitzen, und jetzt wollen Sie mir immaterielle Juwelen verzapfen. Mein Herr, achten Sie den Intellekt eines Weibes."

"Kindchen, hast Du schon von einem verkehrten Kaffee gehört? Sieh, gönn uns den bescheidenen Sport der Verrücktheit."

"Aber man muß natürlich sein. Ich bin immer so natürlich." Jetzt lächelte sie bereits.

Böhm schnalzte ihr flink einen Edelstein auf den Hals und redete mit furchtbarer Stimme.

"Jetzt bist Du in die Träume gezogen.

Schmerzkakadu los!"

Der Giebel des Büffets färbte sich bunt. Vogelaugen starrten, die Wände der Bar überzogen sich mit Vogelfedern, und man hörte ein Gerattel von Flügeln, man spürte, es wird geflogen, höher, wilder in den Wahnsinn.

Die Schauspielerin schrie:

"Drehbühne! Shakespeare bei Reinhardt", und hielt krampfhaft ihre Handtasche.

Die Flügel des Kakadus wurden mit Menschen angefüllt.

Euphemia saß über allen, Emil den phosphoreszierenden Embryo auf dem Schoß, und rief:

"Herrschaften, heute wird schwarz weiß.

Wir werden so wütend, daß wir hintennach kein Wort mehr reden werden.

Oh ich bin ja nur die Wachspuppe aus der billigen Erstarrnis."

Jetzt sahen sie von sich ausgehend eine Reihe; es tanzten um sie die vergangenen Jahre, die rauften.

"Wir müssen auf die Sinne", rief Böhm.

"Kinder, im Himmel gibt's nur verzückte Augen. Wir müssen so genau sehen, daß darin alles Wissen steckt."

Aufgeregt starrte das Volk auf der Straße nach dem großen Tier, das in der Luft torkelte und schrie:

"Es kommt der Lebendige."

Der Vogel schrie in Graurot:

"Ich bin ein Beweis, es kann auch anders zugehen."

Die Menschen klapperten vor Angst, ob sie es ertragen konnten.

Meistens bleibt man ja im dilettantischen Schrecken stecken.

Und endet mit einem Schlaganfall auf dem Plüschsofa.

Davor ein weißer Mops aus Porzellan.

Er hat eine rote Schleife.

Neuntes Kapitel

Aber selbstverständlich, man fliegt nicht immer. Beim vierten Glas rohen Whiskys sitzt man wieder schwer.

Euphemia sagte:

"Böhm ist doch ein törichter Mensch, ich weiß nie, ob er lebt oder tot ist."

Drei Arbeiter klumpten in die Bar.

Das elektrische Licht erinnerte sie an das der Fabrik.

Sie hatten zu fordern. Einer langte sich eine Flasche Sekt.

Ein sensibler Kellner keifte. Er zuckte nervös mit dem Knie.

Sein Vater war Hausknecht in einem bürgerlichen Lokal.

"Meine Herren, Sie kennen nicht den Schmerzkakadu. Es ist nicht ratsam, sich zu betrinken."

Eine rote Arbeiterbluse mit einem blaugeglühten Schädel dröhnte.

"Wir nippen bloß."

Nahm einige Likörflaschen unter den Arm, und die Schauspielerin Fredegonde Perlenblick.

"Athlet", stöhnte sie verzückt.

Euphemia sagte verächtlich apodiktisch:

"Kühe sind Wiederkäuer, sei es Heu, sei es Shakespeare. Kühe lieben Stiere."

Man hörte von der Straße die schimpfende Tragödin.

"Explosive Seele."

Sie hob ihre Röcke sehr hoch.

Ihr Auto raste gierig davon.

Es rollte den Asphalt auf, glitschte über die Reflexe der Gaslampen und der letzten Bummler.

Jetzt mag d'Annunzio weiterschreiben.

In der Bar sang man den Cantus der Gottesstreiter, zur Erbauung und Stärkung von Böhms Leiche. Lippenknabe schmeckte die trabende Melodie auf der Zunge wie Ricinusöl.

"Böhm ruiniert uns jedes Formgefühl. Der Kerl ist doch tot, wenn er auch hier herumflunkert."

Man brach eine begonnene Debatte ab. Herein kam eine Dame, hintendrein ein dünner, ziemlich durchsichtiger Herr.

Er stellte sich mit dem Gesicht in eine Ecke und litaneite.

"Ehmke Laurenz, Platoniker, gehe nur Nachts aus, weil es da keine Farben gibt. Ich suche die reine ruhende einsame Idee, diese Dame tatkräftig rhythmische Erregung. Ich bin eigentümlich, da ich von zwei Dingen ruiniert werde, einem höheren der Idee und einem niederen der Dame."

"Ja aber ruinieren Sie doch die beiden, die sich bedingen, zum mindesten Ihre blödsinnige Ideologie vom Sein, von der Langeweile, dem Tod. Das ist nur Müdigkeit, ein Defekt, Piatonismus ist Anästhesie.

Reißen Sie sich doch die Augen aus und die Ohren, dann haben Sie Ihren Platonismus zu Wege gebracht."

Aurora, die Frau des Kauzes, der prinzipiell farblose Schnäpse trank, näherte sich und sagte:

"Ehmke macht kontemplativ." Ehmke schrak zusammen, blickte sie erst flehend, dann voll Verachtung an, sagte, "Du kennst mich nicht" – aber sie "dafür Du mich"; er grinste wie ein kleiner Idiot, senkte den Kopf zum Nabel, die Farbe ging ihm aus dem Gesicht, und schaute gelassen auf seinen Bauch.

Inzwischen war sie liebevoll.

Da die beiden schließlich doch störten, ließ man sie hinauswerfen, denn nichts ist so überflüssig, langweilig, wie ein Ideologe und eine Hure. Beide haben die banalste Form des Spleens.

Nach kurzer Weile kam ein Fremder ins Lokal, unauffällig im Frack wie jeder.

Böhm tänzelte bald aus der Cognacsorte und rief: "Das ist er."

Euphemia ging wie in der Hypnose auf den Unbekannten zu und sagte: "Sie sind uns ganz fremd, aber furchtbar deutlich, ich soll mich Ihnen geben."

Der Fremde sagte mit mittlerer Stimme:

"Bitte kommen Sie mit mir."

"Und warum sollen wir Gott nicht lieben", sagte leise Bebuquin.

"Denn das Unbekannte ist der Liebling des forschenden Schöpfers", flüsterte Lippenknabe.

Die Uhr tönte die Sekunden, jede Sekunde war plastisch deutlich, das Auge sah den Klang. Die Erde war ihnen einen Augenblick ein kristallen Feuer, die Menschen von durchsichtigem Glas.

Bebuquin seufzte. Gegen die Scheiben fiel aus dem farbigen Morgenwind der beginnende Regen.

Zehntes Kapitel

Die Menschen, die löffelweise, keiner wußte vom anderen, in den Zirkus, eine kolossalische Rotunde des Staunens, geflattert waren, saßen zur Masse verkeilt, und man erwartete Miss Euphemia. An den Ranggeländern liefen Ornamente erregter Hände entlang, Bogenlampen schwangen ihre energetischen Milchkübel.

Man bemerkte Miss Euphemia erst, als sie an die Decke aufgezogen war; sie hielt sich mit den Zähnen in einen Strick verbissen.

Ließ sich los, und ein Salto mortale war an der Decke geschlagen zum anderen Ende, wo sie mit den Zähnen ein Seil aufriß.

Es fiel ein Programm.

Miss Euphemia glitt beim dritten Male am Seil ab; sie beschloß aus formalen Gründen, sich das Genick zu brechen.

Senkrecht schrieen die Leute, einige versuchten, von den Galerien herabzuspringen. Euphemia sah den schwebenden Kronleuchter und ergriff fünfeinhalb Meter über dem Boden das Seil.

Die Leute wüteten.

Euphemia machte dann mit großer Sicherheit noch einige Salto mortales. Trotzdem, sie war moralisch ruiniert.

(Die stärkste Moralität dies des Handwerks).

Und sie fand es ziemlich, in ein Kloster einzutreten, um zu büßen.

Die Menschen leerten sich in den kühlen Abend, gingen auseinander und verschwanden. Der Zirkus stand leer, eine runde Dunkelheit. Vor einem schlafenden Affenkäfig geißelte sich Euphemia.

Elftes Kapitel

Der Schatten eines sich begattenden Affenpaares schlich von der anderen Seite über Euphemia. Sie erschauerte müde, aber mit schattender Begierde, die über sie weg kroch. Leise ging sie in die Mitte der Arena, zog ihr Gazekleid ab und stand nackt in der Dunkelheit. Wenige spärliche Sterne leuchteten durch die Luken. Das verhängnisvolle Seil pendelte zwischen ihnen.

"Sie sind nun erledigt", rief Bebuquin durch die Finsternis. Sein Schatten glitt über den Boden, über Euphemia.

"Rühren Sie mich nicht an", schrie sie. "Ich gehöre dem andern. Ich habe mich dem imaginierten Böhm angetraut. Er kann aus der Wand kommen. Er ist außerhalb jeder Regel. Er hat mir alles verwirrt. Sein tödlicher formloser Humor, bei dem jedes nichts und sehr bedeutungsvoll ist, fuhr in mich. Ich leide so unter den Versuchungen der Phantasie.

Ein Weib hält das doch nicht aus. Sehen Sie, Böhm ist für mich wirklicher, wie Sie. Er ist ein grausamer Witz, eine phantastische Guillotine. O du mein Galgen. Ich sehe immer gerade aus, wie er's braucht. Er nimmt mir alle Kraft aus den Gliedern. Ich hocke tagelang und sehe ihn in dem Schatten des Abends, bald grünt er im Morgen, wie ein endloser Kakadu, bald liegt er draußen im Meer, und ich reise tagelang der Welle nach, der grünen Flasche, die ihn umschließt. Es ist so reich, mit den Toten zu verkehren, es ist eine stille, innerlich bohrende Lust, lautlos sprengende Raserei; Böhm!"

"Ihnen sind die Gestalten verwirrt."

"O Sie sind töricht, ich stehe in einem langen alten Mythus, der mich umschlingt wie ein Gewebe. Wissen Sie, die Luft ist etwas ganz anderes, das ist eine Glasglocke. Ich muß dahinaus, man erstickt so elend in dem engen Leben. Böhm erweiterte in einem ständigen Training die phantastischen Fähigkeiten seines Körpers; seine Stimme, die Strahlen seiner Augen. Ja was war das, wie weit reichten die; ich bin einfach verfallen in die Grenzenlosigkeit des Humors. Doch ich leide unter all dem Grauenhaften.

Ich vermöchte mit einem zufriedenen Lächeln irgendeinen zu töten, vielleicht nähme das alle Last von mir. Wissen Sie, wir handeln immer doch zuletzt aus einem Minimum von Überspannung, die eines findet, an dem sie sich auslöst. Eine große Dunkelheit und ein weniges, ein Grammchen von Überspannung. In uns sind alle Laster, alle Größe, nur temperiert, gegenseitig geschwächt; aber wenn sich eins überspannt, der Haß, die Angst, die Liebe, dann ist es in einem Blitz den ganzen Weg durchgeflogen, oder wir gehen wie Mondsüchtige, haben die anderen Empfindungen verlernt, tun das Nötige und sind wie vorher und wissen nichts. So geschehen viele Morde."

"Aber der Körper, die Sinne."

"Du mein Gott, das sind die ärmlichsten Gewöhnungen, Vorurteile. Viel stärker, reizvoller, gefährlicher sind die Empfindungen, die keines Erlebnisses bedürfen. Denn schließlich gibt es Menschen, die kommen auf die Erde und kennen alles. Das Leben ist nur eine mühevolle Darstellung der Erinnerung, nichts Neues."

"Als kämen wir doch von Gott."

"Aber woher denn?"

"Sie kriegten doch Emil."

"Nein, das war nicht ich, irgend etwas in mir produzierte da, bewahrte auf. Und der erste Schrei des Kindes, das konnte doch nicht von mir kommen. Und die Form, der Körper, das ist doch nur ein Mittel, eine Ausdrucksform und ein schlechtes Instrument. Wenn ich mit Gott und Böhm mehr zusammen bin, werde ich das Meiste viel genauer kennen."

"So geht alles von den Lebendigen weg zu den Toten. Die stehen eben energisch voran. Weißt du, Euphemia, wie du die Dessous oft behaglich abstreiftest? So fällt alles mögliche von mir ab. Man steht einfach gerad da, den Kopf über den Wolken und ist mehr oder weniger fertig. Es geht von einem weg. Die Leute, Wünsche, Quälereien, und man ist wie eine geleerte Pappschachtel. So weißt Du, die Dunkelheit und die Sonne, das sind für mich keine Gegensätze mehr, sind ein totes Gefühl, bald in Schwarz, bald in Weiß.

Ich möchte mal schreien, daß die Tiger vor Angst ausbrechen und durch die Nacht ihre Augen funkeln. Es wird mich nichts freuen, garnichts. Alles, was sonst die Leute steigert, extasiert, ruiniert mich totsicher, macht mich still wie die Wand, die Du nicht siehst. Jetzt ziehst Du gar noch zum Herrgott! Gerad so gut kannst Du Dich in Permanenz hängen. Der Herrgott, das ist's. Wir geben ihm all unsere Kraft und können ihn dann nicht mehr ertragen. Ich sehe da immer zu, wie alles ihm zufällt, wie er euch von mir abrückt. Dann bleibe ich übrig, ich gestehe ihm keine Rechte zu, und ich kann nicht sterben, weil ihr an einen Weltfremden glaubt."

"Du, Giorgio, weißt Du denn, was für eine Frau die Reinheit ist? Du, weißt Du, Frauen ekeln sich meistens vor sich selbst, wenn sie was taugen. Ich will einfach aus all dem Dreck heraus."

Bebuquin: "In eure grauen, bleiernen Sauermilchtage."

Euphemia: "In die Erregungen der Seele."

Bebuquin: "Aber Gott ist ein Wahnsinn."

Euphemia: "Darum um so fester.

Genau so wie die unmenschliche Mathematik, prächtig und leidenschaftlich.
Gott ist die Erregung, die den Körper übertrifft.
Gott ist der Tod, den wir über uns hinaussterben.
Er ist die aufsprossende Vernichtung unserer selbst.
Er ist übermeßliche Größe.
Farbe, die wir noch nicht sahen.
O, wie soll ich ihn tanzen.
Ich müßte Sterne in die Hände raffen.
Sonnen mir unter die Sohlen legen.
Mein Mund sei ein grenzenlos Orchester.
Und das Blech und die Pauke vielfach besetzt.
Ich zerdrücke Trauben in den Fingern
Und weiß ihn.
Ich liege still und
bin weiß wie Mörtel, der die Wände bedeckt,

und kenne Gott.
Er ist der glühend Lauernde in der Dunkelheit."

Bebuquin:

"Er ist der Wahnsinn.
Das Unmögliche.
Der tödlich Auflösende.
Die unfruchtbare Steppe,
in die wir kräftige Häuser zwingen.
Die Gefahr für den Willen.
Er ist mein Haß."

"Bebuquin, halten wir den Atem an. Sie sind ein ganz liebloser Mensch, der nichts opfert, der alles für sich haben will, und das geht nicht. Lassen Sie einiges und nicht zu wenig dem Herrgott. O, ist das nicht Böhm?"

Ihr wurde kalt, dann zog ein feuriger Schweiß über den Körper.

"Hören Sie", sagte Giorgio, "das ist Unsinn. Schlimm, ist es einfach, jedes als Versuchung, als Reiz zu empfinden. Euphemia, heiraten Sie mich doch, es ist sonst nicht zum Aushalten."

"Ja, und jede Nacht schaut Böhm zu, haben Sie denn keine Pietät?"

"Wenn mich was nur so fest hielte, daß ich mich los wäre, irgend ein sympathischer Selbstmord. Meinen Sie, es ist ein Spaß, mit mir immer herumzulaufen, und zum reifen Goethe fehlt's mir an Lust und Talent."

"Glauben Sie, Giorgio, jemand wie Sie bringt ein Weib zwei Zentimeter von der Stelle? Denn sobald Sie etwas tun, ist es gegen Sie. Ich getraue mich nicht gegen Ihren Willen zu sagen, Sie Dressurprodukt."

Dies redete sie ohne gewärtiges Interesse. So vor vierzehn Tagen hätte sie es noch mit Verve gesagt; denn der Herrgott verlangte sein Recht; und man steigert sich, um zu fallen.

Armer Bebuquin, Du höfliches Tierchen. Religiöses klingt erotisch vor dem Affenkäfig aus.

Bebuquin irrte mit wundem Hals zwischen den Physiognomien der Häuser. Eine Kokotte tanzte angeheitert an einer Ecke und stapelte ihr vom Frontkorsett aufgetürmtes Posterieur gegen den Sternenhimmel. Erzählt nicht, wie Bebuquin die größte Wonne mit Narkoticis vergessen mußte. Euphemia stieg beruhigt und äußerst heilig in eine Nonnenkutte und verließ den Cirkus. Ernst, die Fingernägel polierend, kopfschüttelnd die Straffheit ihrer Brüste hier und da prüfend, begab sie sich gelassen zum Kloster des kostenlosen Blutwunders.

Zwölftes Kapitel

Bebuquin trat unbemerkt in seine Wohnung. Er kleidete sich sorgfältig um, als er gebadet hatte. Dann ging er isoliert von den Wirrnissen in sein kathartisches Gemach, eine kleine weißgetünchte Stube, inmitten ein Klubsessel.

Er setzte sich bescheiden, dann sagte er:

"O Köstlichkeit der Sünde.

Aber nicht aus infamen Gründen. Es erhebt und stärkt. Sünde verlangt, daß ich alles, was bis zu ihr geschah, vergesse und von vorn anfange. Die Sünde ist ein Tod, und in ihr verbrennt meine Welt. Bisher sind so viele Bebuquins der Hölle verfallen, und immer reiner und stärker trotz verringerter Kräfte wirft sie mich aus. Vielleicht sündigt man nur, um die Reinheit der Reue zu erlangen, Erneuerung durch Gemeinheit.

Jedoch der Schmerz.

Wenn ich an die Sünde denke, kann ich nicht leben. Vergesse ich sie, entschwindet mir nötig mein Leben bis zu diesem Wort, und ich habe es dem Satan zu überantworten.

Gott, wann kann ich mein Lebensende Dir geben?
O beginn mit altem und gezeichnetem Leib
zu entraten, die Identität zu spüren.
Mir starb in dieser Nacht ein Freund.
Meine Gedanken wurden gestrichen.
Die Augen und das Ohr sind sündig.
Was bleibt mir außer Philosophie;
Denn ich scheine außerhalb von Prinzipien
stets böse zu werden.
Braucht meine Gemeinheit so dürre Ruten?"

Er schwieg. In ihm stak eine Höhle, und um ihn herum war der Erdboden ausgesägt. Die Leitung war unterbrochen. Seine Augen lagen reglos über dem Jochbein.

Er sprach:

"O Reichtum meiner Seele,
Vielleicht auch hilflose Vielfältigkeit,
den ich nicht ertragen kann.
Und dann diese Armut.

Es peinigt mich.
Wann verstehe ich,
daß man, um zu leben,
um Person zu sein, nur ein Ding kennen darf.

O Reize zu spüren, wie mannigfach Worte und Meinungen sind; und wie schmerzlich nur eine Deutung zu erlernen. Diese eine Deutung ist die Form, und sie macht die Dinge, die festen Augen, den bestimmten Klang. Wenn ich mich in den Reizen der Mannigfaltigkeit verstecken könnte; und ich weiß nicht, von welchem Centrum aus ich auferstehen soll.

Herr, der du uns Arbeit gabst, verschone mich mit ihr, damit ich die mögliche Größe ahne, statt ein geringes Maß zu realisieren. Welch törichte Suggestion, dieses Wort. So liege ich mit scharfem Ohr wie ein buntes Tier über Deinem Boden, um eine Mitteilung zu erwarten; denn heute habe ich kein Gewand, in dem ich auferstehen könnte.

O Gott, Du gabst uns einen Körper, vielleicht identisch; eine Seele, die den Körper an Möglichkeiten übertrifft, die ihn schon lange Zeit und oft ausrangierte, und die glänzenden Platten der Denker – die Sonne verschmäht es sich in ihnen zu beschauen – suchen die Balance.

Ich aber wünsche, daß mein Geist, der sich etwas anderes als diesen Körper – o Gartenzäune, Stadtmauern und Safes, Pensionate und Jungfernhäute – denken will, auch ein Neues wirkt und schafft. Ich kann absonderliche Wesen machen, Verrücktes zeichnen, auf Papier, in Worten, ich selbst bin verzerrt; aber mein Bauch bleibt ein Fresser. Welch geringe Versuche der Heiligen, nach Sprüchen der Evangelien den Körper zu verwandeln.

Herr, gib mir ein Wunder, wir suchen es seit Kapitel eins.

Dann will ich normal sein, aber erst dann.

O Gott, wenn Du mehr bist, als das der Wahrheit angenäherte Gesetz der Forscher, erbarme Dich doch meiner Langenweile, starb doch schon Böhm an ihr."

"Bebuquin", sagte der, "das Ganze ist ein Erziehungsheim. Die drüben sind so menschlich einfach. Es gibt zwei Dinge, entweder sie schweigen und machen mit einem imaginären Phallus unendlich, oder sie tun das Gleiche und zeichnen eine Eins. Ich zeichnete eins, und meine isolierte Hirnschale rostet. Ich grüße Dich, alter Märtyrer. Vernichte die Identität, und Du fliegst rapide; aber fraglich, ob Du das Tempo aushalten wirst. Eins, Hallelujah, eins, Hallelujah, Amen, eins. O Notwendigkeit, Hallelujah, o Gesetz, o Gleichheit, wo alles in sich selbst schläft, o Stille, o Kontemplation, o Verdauung des Straußen, der den eigenen Kot frißt.

Eins, Hallelujah, eins, Hallelujah, leb wohl, eins Hallel– – –"

"War es Philosophie oder ein Analphabet?"

"O Gleichheit, o Eins. Mancher jedoch zählte bis auf zwei. O Erweiterung des Dualismus. O Gehen zwischen den Ufern, o Hinüber- und Herüberrennen."

Altertum der Gedanken, o Antiquare der Gemeinplätze, o prähistorische Tiefen. "Seht, mein Leben ist mir verhaßt, es ist gänzlich zerstört. Um moralisch weiter zu machen, bedarf ich neuer Existenzbedingungen, eher als des Brotes; ich kann nicht in der Kette weiter leben, ich will nicht, es wäre moralisch inkonsequent. Man treibe mich nicht in die alten Gleise und sei barmherzig, es muß eine Änderung eintreten, die stärker ist, als meine Sünde und meine Reue; ich muß eine Erneuerung haben, ich bedarf einer Erdperiode." Die Nacht färbte langsam empor, die weiße Stube opalisierte wie altes Gestein, lohende Schatten zogen über die Wände, eine kleine weiße Wolke stand vor dem Fenster, ein brennender Sonnenstrahl durchglühte sie. Bebuquins Körper verschwand in den Schatten, nur der Kopf schaute gleich inmitten der Wogen der Dämmerfarben die versinkende Wolke an. Sein Kopf, ein Gestirn, das erkaltete.

Dreizehntes Kapitel

Sterne konkurrierten wiederum vergeblich mit dem bestimmten Licht der Bogenlampen.

"O Kunst", seufzte Bebuquin, "du bist gewaltig, wenn man Perspektiven wegschickt, ersehnte Veränderung der Zustände, wie ist eine Sache zugleich wahr und falsch, es kommt auf den Standpunkt an.

Versuchung, du tauchst aus der entvölkerten schlafenden Nacht und erhebst dich aus der Angst vor den Gestirnen.

Ich vergaß noch nicht, soweit wie es ziemlich wäre; vielleicht reinigt mich ein anderer, wenn ich's nicht vermag." So begab er sich zum Kloster des kostenlosen Blutwunders, nachdenkend, ob eine völlige Unterbrechung des Schicksals möglich sei.

Über ihm, auf den Nadelspitzen der Tannen, glitt Böhm mit.

Der sang:

"Wälder, ihr sympathische Stickerei,
o Schrecken, du Lehrer der Geheimnisse.
Waldfeuer, Ihr Offenbarungen im Dickicht.
Irrgänge, Wegschlingen,
gehetzte, angestrengt verirrte Seelen, die ihr sie begeht."

Seine Hirnkapsel leuchtete den Weg voran
mit der nonchalanten Sicherheit eines Toten;

er sang weiter:

"Risiko, Wagnisse der Schwachen,
die vergeblich sind,
weil Pappgewichte gestemmt werden,
o philosophische Tricks.
Die gute harmlose Seele eines unwissenden Knaben
geht durch die Wälder."

Ein Blitz durchfuhr den Wald, der Baum, über den Böhm stieg, schüttelte sich.

Bebuquin hatte große Mühe, der Luftreise Böhms nachzukommen, trotzdem dieser recht rücksichtsvoll war; aber oft, wenn Böhm meinte, jetzt müsse es besonders gut gehen, versank Bebuquin im Morast oder stieg keuchend aufwärts, während Böhm die Kugel einer Akazie leicht betanzte.

"O Standpunkte, Vielfältigkeit der Logiker, Kontrapunktik der Sphären", rief Böhm, sorgfältig das stille Licht seiner Lampe schützend, "die ihr die Dinge zwar vermanscht, doch kaum ruinieren könnt.

Wie entzückt ihr meine Augen,

da ich das fatale Denken mir streng abgewöhnte.

Bebuquin, der Wille zur Dummheit verlangt Entsagung, und man bekommt ihn nur durch sorgfältiges Zuendedenken. Wenn man sieht, daß unsere Gedanken in sich zusammenfallen, wie die Flügel eines geschossenen Wildhuhns; Gedanken, nein, sie sind keine Zwecke für sich, sie sind wert als Bewegung; aber können Gedanken bewegen; o, sie fixieren, sie nageln zu sehr fest, sie konservieren selbst den Revolutionär. Bilder sind Taten der Augen, und mit einem Bilde ist nicht alles gesagt, aber ein Gedanke täuscht stets vor, er habe die ganze Kette erschöpft, und lähmt.

Die Logik will immer eines und bedenkt nicht, daß es viele Logiken gibt. Es gibt nicht Eines, wohl aber eine Tendenz der Vereinheitlichung, und wieviele Dinge streben auseinander. Die Logik hat nicht eine Grundlage. Von ihren vier Axiomen liebt der eine dies, der andere jenes mehr; und ein Axiom befehdet und mischt sich dem anderen; denn eines allein vermag keinen Schritt vorwärts zu gehen; die Logik ist eine ungeheuerliche Ausnahme, und der pythagoräische Lehrsatz ein Monstrum."

Grüne Drachen mit Schwänzen, die an metallische Sterne dröhnten, fuhren über den Himmel. Staub rieselte gegen den Himmel von der Wüste auf, über die sich Bebuquin schleppte.

Am Horizont stand das Kloster; um es war die unfruchtbare, die stilisierende, dröhnende, vögelüberflogene Wüste gelagert, die Ebene, wo der Blick in rundem Kreis in sich selbst zurückkehrt, um in dem Sand zu versiegen; und die Sonne schlug auf das braune Fell mit den schmetternden Lichtschlägen über die steilen Fanfaren der Felstrümmer hinweg.

Vierzehntes Kapitel

Vor dem Kloster saß ein Mann, in sich selbst schauend. Über ihm schwebte eine Frau, man wollte andeuten, was hier geleistet werde, jedoch nur einen geringen Vorgeschmack kosten lassen. Es war das platonische Ehepaar. Er begann sich zu kugeln, indem er den Kopf mit den Füßen umarmte; sie kreiste, sich um sich selbst drehend, über seinem weißen, kurz geschertem Schädel. Sie litaneierten leise.

"Stille der in sich versunkenen, um sich selbst drehenden Geweihten. Wann steht uns alles in sich selbst? Viele Wege münden in der wundersamen Einsicht, die Idee und die Hurerei, wundgelaufene

Füße und tote Verachtung; knabenhafte unvorsichtige Beschäftigung mit Grenzbegriffen. O infame Unendlichkeit der Faulen, Müden, Tatlosen, Hurer und Bazis, die du sicher ruinierst, die Form zerstörst und die tätige Kraft. O niederträchtiges Versinken in den Punkt der Punkte, in das A O, in den Grund, in den Beschluß."

Bebuquin ging vorbei und trat in den ekstatischen Vorhof. Es war immer dasselbe. Die Ekstase erregte und steigerte sich an einem Nichts, einer Grube von schwarzem Marmor, worüber man schwebte, in die man schaute, worüber man brütete, in die man schwieg, an der man entbrannte, worin alles verharrte, in die man om rief, über der man tanzte, sich geißelte und so fort.

Andere hatten statt dessen einen kristallinischen Stein und empfahlen in längeren Reden seine helle Durchsichtigkeit, sein Feuer, seine perspektivische Kraft, seine Brechungen, seine schöpferische Plastik, die Form, die Gefaßtheit, die Reinheit und so fort. Um den Stein arbeiteten viele; bald rollte man ihn der schwarzen Grube näher, stülpte ihn darüber, hielt ihn, senkte ihn in die Grube fast bis zum Grund.

Die Verzerrungen, die durch den Schliff entstanden, ließen nicht erkennen, ob der Stein in die Grube passe oder nicht. Darum hatte man eine Hypothesen-Kommission, während gemeine Opponenten mit großen Nasen verlangten, man soll riechen, ob er paßte, den Stuhlgang der Riechenden aerostatisch messen und die Kurven, in denen die Exkremente der Riechenden zur Erde fielen, ballistisch berechnen. Ein ziemlich verachteter Teil von Klosternovizen spielte mit einer Maske und einem Spiegel, aber davon soll man nicht reden. Aus einem kleinen Säulengang klang die leiernde Stimme eines Bonzen.

"Ich und Du sind eines, diese Identität hält die Welt zusammen. Die Kontemplation ist eine phantastische Fähigkeit; denn sie geht über die Dinge hinweg in eine geistige Gemeinschaft. Es ist ein Grundgefühl über den Satz des Widerspruchs. In meiner glühenden Liebe ist B gleich A. Grund und Folge fallen in eins. Jedes kehrt ins andere zurück, um sich selbst zu finden. O gleiche Kraft, o Geschehnislosigkeit, o Ereignisse, höchst eindeutig."

Bebuquin schrie: "Hier wird ein sanktionierter Selbstmord vollzogen, hier wird sakrale Idiotie gezüchtigt, Augen ausgerissen. Mein Herr, ich kam gerade hierher, um einen neuen Menschen zu fabrizieren. Ich lebe nur noch vom Wort anders. Ich kann die Gleichheit nicht gebrauchen."

Der Bonze rief ihm zu:

"Werden Sie der Erscheinung nach anders. Übrigens ist es ganz belanglos, was Sie meinen. Sie sind ja nur Urgrund, darum innerst sündlos."

Bebuquin schimpfte.

"Mich interessiert der Urgrund garnicht, ich pfeife darauf."

Böhm trat ihm entgegen in gelber Mönchskutte.

"Eine Hoffnung besteht, Bebuquin; die Verwandlung tritt vielleicht mit dem Tode ein. Entweder wir bleiben dort, was wir sind, oder wir werden vernichtet und verwandelt."

Bebuquin: "Aber ist es nicht möglich, sich im Leben zu wandeln, das elende Gedächtnis zu verlieren?"

"Bebuquin, du bist an Dir erkrankt. Die Sünde ruht nicht nur im Gedächtnis, sondern auch in der Tat, die unter den Menschen und im Himmel umhergeht."

"Aber muß man denn sterben, um anders zu werden?"

"Beichten Sie und opfern Sie sich. Ich glaubte, das Phantastische genüge, ich wurde lackiert, gehen Sie, beichten Sie."

Bebuquin rief beichtend in das Tor der Kapelle:

"Ich verzichte darauf, durch eine Reinigung reduziert und entleert zu werden. Ich verpöne es, in Armut von vorn anzufangen. Ich will irgend ein anderes Schicksal, ich sah mein Schicksal, es ist nichts als die Wiederholung einer Dummheit. Ich bitte, daß es mir gelinge, von den vielen Dingen, die ich mir vorzustellen vermag, eins zu sein."

Der Beichtiger rief erwidernd aus dem Inneren der Kapelle:

"Sie stellen sich vieles vor. Sinnvoll aber sind nur Vorstellungen, mit denen man handeln kann. Sie bedürfen der Grundverwandlung, die aber ist der Tod."

Bebuquin: "Viele Dinge geschehen, die nicht einzuordnen sind, verworfen oder nicht gesehen werden, verdeckt von der tödlichen Vernunft."

Strophe:

"Petrefakte Bäume meines Gartens spiegeln sich
im blinden Kristallboden;
die Bewegung meiner Hände fährt nur in die
Ruhe;
jedes Brennen, Fliegen, Reißen
wird versteint.
Zum schlafenden Gebirge fügen sich die Tage an;

und je toter, desto fester,
unvergänglicher, steiler,
unübersteiglicher hemmt mich das Bleibende,
die Vergangenheit."

Antiphone: "Der Fähige bildet Vergangenes um, im Wechsel seiner Gegenwart und Zukunft; und diese wandelt sich, gewinnt auch an Beziehung; und fruchtlos, ja schädlich, wird es im zehnten Jahr das Glück und einzige Lösung."

Strophe: "Was in Erinnerung steht, ist verlorene Kraft und Hemmung, Bindung zu gleichen Sünden. Was gewesen ist, wirkt wie die Schablone; wir stehen in dem Fluß, immer brodelt das gleiche Wasser."

Man sprach in einer leichten Unterhaltung weiter. Bebuquin meinte:

"Sehen Sie, die Logik fixiert, soweit unsere Fähigkeiten auf sogenannte Tatsachen angewandt werden. Sie bedenkt nur unsere praktischen Bedürfnisse, richtet sich nach den Dingen und sucht diese in übereinstimmenden, sich wiederholenden Beziehungen zu erhalten. Aber in mir ist so viel und gerade das Wertvollste, was über die Tatsache hinausgeht. Die materielle Welt und unsere Vorstellungen decken sich nie. Darum ist die Tat notwendig, dies Correktiv von Tatsachen und Dingen. Wenn man jedoch wie ich zu der Überzeugung gelangte, daß wir weiter müssen, ist es denn nicht möglich, daß eine neue Art Mensch entsteht, die es verschmäht, in den gleichen Straßen weiter zu gehen?"

Trompeten und Pauken schollen von der Decke der Kapelle. Bebuquin trat in sie ein. Er sprach weiter:

"Bisher wurde das Religiöse an den Tatsachen zur Groteske, oder umgekehrt; aber vielleicht decken sich die Dinge nie, damit das Schöpferische nicht einschlafe. Gott, das Phantastische, die ganze unterdrückte, sprachlose Sensibilität wollen reden, wir sträuben uns gegen diese immer gleiche Auslese, die Welt muß sich uns verwandeln."

Fünfzehntes Kapitel

Für Frl. Anita Ree

Bebuquin soll in der folgenden Nacht lange und im Zusammenhange gesprochen haben. Er sagte in der Leere des Zimmers:

"Ich beginne die Rede vom Tod im Leben, von der großen Ruhe, von der reinen Armut und der leeren Lauterheit.

Eins geht durchs Leben und ist sehr lebendig, das bist Du, allzuhäufiges Wort Nein. Aber eins steht und wird sehr geachtet, O Ruhe.

Ich weiß, du bist verführerisch wie die Tiefe des Wassers für junge Mädchen, die am Morgen unter Vermischtem gedruckt sind.

Du bist sicher die Mutter der Vollendung und der Vater der Metaphysik; denn nur in der Ruhe ist Fertigkeit und dauerndes Ende,

Ist stets Isolierung, und es wird nichts vermischt.

Ich aber stehe und fluche dir,
du Müdigkeit, die du mir Gedanken und Augen betäubtest,
meine schnellen Füße versanden ließest;
du müdes Hirn und träges Blut,
die ihr nicht mal den Tod erwartet,
ihr Gleichgültigen.

Der aber ist ins Leben verwickelt,
und jeder Tag Mühe und Wachstum ist ein Tag Tod.

Und wer mag von beiden Recht behalten? Ich glaube, sie beide sind sich gleich und eines, und das Leben hebt sich selbst auf.

Du totes Leben!

Der Platoniker, er denkt, diskutiert, und sein mühsam Ziel eine Sicherheit und Ruhe. Ziele erregen die Kraft und beenden sie.

Wer weiß, ob die gefundene Idee mehr fördert als bewegt.

Sie stärkt vielleicht dich, primitivste Sicherheit, dich, Geist, ich verbeuge mich nicht; doch er lehrt den Toren, um Dich hundert Dinge verachten.

Und ich sah nur, daß ein Mensch ein Kräftewirbel ist, von dem einiges ausfließt, und anderes geht in ihn ein, bis Du, Ruhe, kommst.

O Reinheit, was sagst Du anderes, als, Du erträgst nur Geringes.

Und die Lehre von der Armut meint dasselbe.

Ihr seid sehr hohe Erkenntnisse gewesen.

Tod und Endlichkeit, du bist der Erzeuger unserer Arbeit, du treibst uns zur Mühe, und vielleicht bist du der Vater des Lebens, und dies keimt gering nur vor dir auf.

Du läßt die Gestirne leuchten und zeigst unsere geringe Kraft; denn Mond und Sonne scheinen einander zu in notwendiger Umarmung. Wir jedoch können nur nach einem Gestirn handeln, und dem Auge sind sie sich ausschließende Gegensätze.

Tod, du bist der Vater der Zeugung, und du gabst uns Menschen alles Endliche, bestätigst unsere Sinne, welche Formen sehen, hören, schmecken, und bejahst die Ahnung des vielleicht dilettantischen Geistes, damit wir sehen dürfen und eines schauen – damit wir denkend nichts sehen.

Ich bin ein Vollstrecker für Dich, Tod. Ich will es sagen, daß nur Gestorbene sterben; wenn einer jung und kräftig stirbt, vielleicht stirbt er für einen anderen.

Du gabst uns Begierden und Ziele, und wir wehren uns gegen Dich durch Zeitloses, durch seiende Ideen, durch den Anspruch auf Totalität. Aber vielleicht sind das deine geringsten Formen.

Tod, du Vater des Humors, wenn dich ein Wunder, das ich mit meinen Augen sehe, vernichtete;

dein Feind ist das Phantastische, das außer den Regeln steht;

aber die Kunst zwingt es zum Stehen, und erschöpft gewinnt es Form.

Ich nenne dich, Tod, den Vater der Intensität, den Herrn der Form.

So steht es für dieses Leben."

Die Nacht trat in die Stube.

Ein alter Mann kam in die Stube; er sprach:

"Verzeihen Sie, ich wohne seit langem unter Ihnen, es fällt mir sehr schwer zu sprechen, bin es seit langem nicht mehr gewohnt.

Ich komme nur um zu sagen; ich bin seit langem tot durch meinen Willen; ich lebte nur scheinbar, seien Sie bitte dabei, um zu konstatieren, daß ich den Tod hintergangen habe. Ich sterbe als der größte Humorist."

Der alte Herr sank zusammen, er war ruhig und starr. Dann schrie er laut auf und sagte:

"Der war doch schlimmer, ich betrog nur das Leben und mich."

Bebuquin trug den Leichnam in die Wohnung des Alten. Er schaute ihn ein längeres an, dann ging er in seine Wohnung.

Er schaute durch das Fenster zur breiten Baumallee hinunter, einige Menschen kamen mühselig wandernd vorüber und riefen:

"Das Gesetz ist die große tötende Ausnahme, wir gehen in den Dingen, die Wunder zu suchen."

Bebuquin wandte sich vom Fenster ab, der Mond schien ihnen ein erstauntes Loch in den Rücken, er setzte sich hin, schaute auf seine Hände, die noch nie gearbeitet hatten, und sprach lange.

"Gleichgültigkeit, woraus bist Du wohl gewebt, war die allzu große Empfindlichkeit Dein Ursprung, oder die Kraft, die der opulenten Natur gleichkommt? Ich sah schon viele, aus Gleichgültigkeit, die absonderlichsten Capricen begehen, und schon mancher war es aus Furcht vor der eigenen Wut. O Erstarrnis, stagnierender Tod; Versteinerung und Schlaf, ihr fristet uns das Leben, das sich wütend aufbrauchte ohne eure Hemmung. O Krankheit, komme, nur du kannst mir Grenzen geben, Gott laß mich einen ungeheuren Schmerz empfinden, damit der Geist paralysiert werde, oder vielleicht, o Hoffnung, schafft die Krankheit einen neuen Körper; fähig zu den sonderlichen Dingen, deren ich bedarf.

Herr, ich weiß, am Ende eines Dinges steht nicht sein Superlativ, sondern sein Gegensatz, und die Erkenntnisse gehen zum Wahnsinn. Ich bin geschaffen zu erkennen und zu schauen, aber Deine Welt ist hierzu nicht gemacht; sie entzieht sich uns; wir sind weltverlassen. Suchen wir Dich, o Gott, dann sterben wir in der lautlosen Erstarrung, und es ist keine Erkenntnis, sondern Du bist das Ende.

Herr, laß mich einmal sagen,
ich schuf aus mir.

Sieh mich an, ich bin ein Ende, laß mich eine unabhängige Tat, ein Wunder tun.

O Nacht der Verwandlung, wann kommst du, wo ich diesen Körper vergesse, ja, ihn abstreife, und die Dinge anderes bedeuten und anderes sind, denn je sonst; die Glieder werden selbständig, die Teile beginnen zu reden. Die Auflösung, sie ist die Verwandlung und sei mir ein Anfang."

Sechzehntes Kapitel

Bebuquin trat steif in die neblige Nacht. Die Reflexe der Bogenlampen stürmten durch die Baumäste und schwammen wie breite opalisierende Fische in dem nassen Boden. Bebuquin stand! Er lief, rannte durch eine Prozession irgendwelcher neuen Sektierer; verschiedene Messiasse, dekorative junge Mädchen rannte er um; es galt, in den Cirkus zu gelangen. Er mußte aus sich Äußerungen solcher künstlichen unlogischen Bewegungen abzwingen, um zunächst die Physik mit der Kraft seines absterbenden Akts zu widerlegen.

Er ging in eine Loge des Cirkus.

Etwas Sonderliches geschah.

Während eines Radlertricks fuhr eine spiegelnde Säule in die Arena, blitzend; eine Flötenbläserin ging nebenher in einer Nonnenkutte. Die Bürger sahen sich darin, bald strahlend übergroß, bald verzerrt; diese Spiegel zwangen, immerwieder hineinzuschauen. Mäuler schluckten die Arena, und die Finsternis aufgerissener Gurgeln verdunkelte sie. Die Blicke versuchten, die hohe Spiegelsäule zu durchbrechen. Ein Weib stürzte aufgewölbten Rocks hinunter unter dem Druck des neugierigen Staunens. Eine Galerie brach durch. Inmitten die Spitzen der unermüdlichen Finger der Bläserin und die Spiegel, die einen Tanz mit ihrem Schatten und dem der Zuschauer begannen. Diese waren sich entwendet, entblitzt, eine Dame starb, so sehr verlor sie sich an der Gestalt der Spiegel, die mit dem Schatten der andern sprechend tanzten. Die Säule trat in die Schatten geschwungenen Sprunges.

Die Menschen verwandelten sich in sonderliche Zeichen in den Spiegeln; das Publikum wurde leise irrsinnig und richtete in drehendem Schwindel seine Bewegungen nach denen der Spiegel; um die Spiegel sausten farbige Reflektoren.

Eine innerste Dunkelheit, ein Lichtblitz, der in die Mauer zurückfuhr, eine Anzahl sprang von den Galerien.

Ein junger Mann fuhr zur Decke ins Freie hinaus.

"Bagage" rufend.

Das Publikum raste weiter, die Verzerrung für wahr haltend.

Bis in die öde Frühe.

Die Paralyse zog in die Stadt ein.

Mehrere Eisenbahnwaggons hielten mittags vor dem Zirkus.

Im friedlichen Sonnenschein sortierte man die Toten aus.

Dann verlud man die Irren.

In der Stadt war ein halb Jahr Fasching. Bürger leisteten Bedeutendes an Absurdität. Ein grotesker Krampf überkam die meisten. Ein bescheidener Spaß war's, sich gegenseitig die Hirnschale einzuschlagen. Die Raserei wurde dermaßen schmerzlich, daß man begann zu töten.

Man begann mit einem Alten, der als Pierrot angezogen an einem Wegweiser bei den Füßen aufgehängt wurde.

Ein Mädchen, das noch einen Rest Vernunft besaß, schrie "hier stirbt der Allmensch" und bat, sie gleichfalls zu hängen; denn sie sei Mörder und Gehängter schon ohnehin, dank ihrer ethischen Sensibilität.

Sie wurde unter nicht unbedeutenden Greueln beinlings gehängt. Jedoch verübelte man ihr, daß sie keine gute Unterwäsche trug. Verschiedene Messiasse traten mit Erfolg auf, Messiasse der Reinheit, der Wollust, des Pflanzenessens, des Tanzes, hypnotisierende Messiasse und einige andere. Hatte man genug Anhänger, so wurde die Sache langweilig. Überlebte Messiasse verwandte man als Redakteurs, zumal ihnen Sensation geläufig war. Die neue Weltanschauung kristallisierte sich zur Ziege, die ein Bein gebrochen hat.

Vor dem Fenster Bebuquins tauchten einige Irre auf. Er neigte sich heraus, die Glatze von der Mittagssonne beleuchtet. Die Fratzen sprangen am Fenster hoch wie Gummibälle, einer schrie: "Gib uns wieder zurück, laß uns heraus, nimm die Spiegel weg"; denn der gleißende Schrecken der Spiegel hing über der Stadt.

Siebenzehntes Kapitel

Euphemia besuchte Bebuquin. Sie klopfte an der Tür. Beinern knackte der Gruß.

Er rief von Innen, "er ist nicht da, kam sich abhanden".

Sie trat ein.

"Euphemia, die einen ziehen sich zusammen, verkrumpeln; ich platze ein rasend Sich-Verlieren.

Wie war ich dicht und scharf, schneidend wie ein Florett mit vielen Kurven. Man wird einfach und stumpf.

O zuckender Blitz, o stehende gerinnende Funsel.

Ich hätte auf mir stehen müssen, auf der eigenen Stecknadel, mich stumm in mich bohrend, bis die strahlende Spitze aus dem Hirn heraus sprießt, blitzend, und der Schädel futsch ist.

Man muß den Mut zu seinem privaten Irrsinn haben, seinen Tod zu besitzen und zu vollstrecken.

Menschen, die zum Irrsinn geschaffen sind, die sich mit normalen Weibern bekämpfen, den gebärenden Gemeinplätzen."

Euphemia sagte, auf dicken Beinen stehend, lieblich breit grinsend, mütterlich banalisierend, abtötend:

"Du kennst keine Güte."

Er: "Die ruiniert mich, wer läßt mich, wie ich sein muß?"

Sie: "Du hast so zu sein, daß du die Verantwortung für Kinder übernehmen kannst."

"Aber mit mir wird Schluß gemacht."

Blödsinnig lange, dumme, gähnende Schatten schlossen ihn ein.

"Der Tod", schrie sie.

"Verzeihung, zweimal zwei ist vielleicht immer vier, dann geht es weiter; vielleicht auch nicht, dann ist es Schluß."

Sie: "Die Zahl ist keine Tatsache; sie ist nur eine Ordnung und steht außer der Seele."

Die Lichter eines Autos sausten durch die Stube.

"Reißt mich weg", schrie er; Wände waren da, und Glasfenster schneiden.

"Man wehrt sich gegen sich selbst, hat nicht den Mut zu sich. Wer von den beiden ist Er? Einer davon ist mir verhaßt, widerlich; der andere furchtbar; kopfüber in die Wirrnis."

Böhm breitete sich an der Decke aus. Ein breiter Schatten mit Lichtklexen, seine Augen stechende Kerzen, er schwoll beim Sprechen an, ein schall-geblähtes Segel.

"Kopuliert euch, diskutiert nichts Besseres vor dem Selbstverständlichen oder nehmt Rasiermesser."

"Böhm, ich steile in Dich. Böhm, was ist das alles?"

Der rollte sich durch den oberen Ritz des Fensters hinaus, stieg sorgfältig in den Reflexstrahl einer Laterne, rief im Lichtkern "Oho!"

Bebuquin sagte:

"Ich hätte mich und die Welt ohne Laster nicht ertragen, nicht ohne den Willen gegen mich, nicht ohne partiellen Selbstmord. Der ist nötig wie das sogenannte Positive. Alles wäre mir sonst Geist, Willkür und grenzenlos, und das läuft zum Ende auf die große Oper heraus."

Euphemia: "Bebuquin, bei Dir bin ich noch nie auf die Kosten gekommen. Lagen wir zusammen, kommt Dir die Philosophie, und das ist sehr komisch. Man kann sich bei Dir garnicht ernst nehmen, ein Kontrast frißt den anderen auf."

Heinrich Lippenknabe trat ein.

"Ah, Kontrast, so heftig wie möglich. Aber man ordne ihn dem Gesetz unter. Das Gesetz ist Freiheit, und sie verwandelt den Kontrast zur Harmonie."

Eine dicke Dame schwebt ein, geht mit dem Busen.

"Und man muß die Harmonie genießen, alles zur Freude auflösen, zu einer behaglichen Seligkeit. Wenn man so vollendet ist wie ich ..."

Bebuquin wirft die Dame zum Fenster hinaus. Lippenknabe springt ihr nach, kommt früher zu Boden, beide fallen in einen Waschbottich; er verkauft ihr vor dem Heraussteigen ein Bild, sie feilschen vor Wasser triefend, fontänengleich unter dem antiken Himmel.

Bebuquin sprach leise zu Euphemia.

"Alles kommt auf den Tod an. Ist's hier zu Ende, dann können wir nicht vollendet werden. Kommt es denn auf mehr als den einzelnen Menschen an; und geht es weiter, dann ist auch dies Leben nur hinderlich. Auf dieser Erde einen Zweck zu haben, ist lächerlich.

Zwecke sind immer jenseitig, darüber hinaus; also wir brauchen ein Jenseits, glauben es aber nicht, und schließlich, ein Jenseits ist kraftraubend. Zwei Methoden gibt's, entweder man glaubt und ist bei Gott, ist Mystiker und verblödet an einer nagelnden Idee fixe, oder man platzt und wird gesprengt. Immer ist der Wahnsinn das einzig vermutbare Resultat."

Euphemia: "Warum?"

"Diese Wünsche, die in mir sausen wie Tramways, die mich mir entreißen, ich bin vom Getöse der Nichtigkeiten umlärmt."

Unten schlürften betropfte Enthousiasten weiter; der Maler predigte der dicken Dame von Abstinenz, der heroischenEinsamkeit und der Tragik des Schaffenden; damit sie ihn harmonisiere.

O ihr gefetteten Stimmen der Nacht, wandelnd durch nebelatmende Alleen, Ursache lyrischer Bände, Gelegenheit dekorativen Schreitens mit dem Blick in jene Fernen gesenkt; torkelnd über Plätze, man scherze über das verklungene Spiel der Kinder.

Achtzehntes Kapitel

"Wir haben Böhm zu begraben", rief Bebuquin, "der Kerl wird lästig."

Um die Leiche des Teuren, eine öffentliche Angelegenheit, kümmerte man sich nicht; wollte ihn nur erledigen.

Bebuquin stieg aus der Bar, von der Möglichkeit eines Begräbnisses überzeugt.

Die Leiche irgend eines Selbstmörders wurde vorbeigetrottet, dahinter ein trauernder, leerer Repräsentationswagen.

Bebuquin stieg ein und murmelte. Man kam zum Stadtende, wo die letzten Häuser erfolglos die Ebene zu accentuieren suchten, hielt am Kirchhof.

Bebuquin schlich sich ungesehen herein.

Er fand eine unbenutzte Stelle, zögerte jedoch noch, das Grab aufzuwerfen; dann ging er daran mit heftiger Wut. Wie er einigermaßen ein Loch zustande gebracht hatte, war die übrige Amtshandlung zu Ende. Er grub weiter, stellte sich als Monument hinter die Grube, des öfteren den Grabspruch sagend

"Weinet inniglich und seid gebückt!"

Und faltete die Hände über die Brust.

Die Sonne ging auf und funkelte auf ihn, der als Gekreuzigter dastand.

Allmählich ging diese Stellung in ein geregeltes Freiturnen über.

"Stofflosigkeit, Stofflosigkeit", knirschte er vor Wut und begab sich zum Grab einer gewissen Josefine Peters, geborene Dewitz, um heiße Tränen zu vergießen.

Neunzehntes Kapitel

Bericht der letzten drei Nächte.

Erste Nacht. – Bebuquin lag ruhig in den weißen Kissen, lang ausgestreckt, lange ein Loch in die Decke stierend, welche sich nicht hob. Kurze Zeit meinte er im Schlamm zu schwimmen; dann fieberte er, sich den Kopf mit den Fingern umfassend; ziemlich ängstlich versteckte er sich vor dem offenen Fenster, als fürchte er herauszusausen. Er war nicht fähig zu sprechen. Nach einer Stunde redete er sehr beherrscht.

Zweite Nacht. – Bebuquin vermied es einzuschlafen. Es sei Gefahr, meinte er, daß er zu sehr ins Träumen gerate. Er spricht sehr erregt und spürt um sich dunkle Vögel. Dann erstarren die Kiefer.

Dritte Nacht. – Bebuquin schlief ruhig ein, fuhr im Schlaf einigemale mit den Händen empor; sein Gesicht lag allmählich wie im Krampf, die Haut faltete sich und umrunzelte den ganzen Schädel. Ruckweise öffneten sich auf Sekunden seine Lider, er zog Finger und Zehen sich spreizend in die Länge, dann ging er eng zusammen und zitterte heftig. Gegen Morgen wachte er auf, war unfähig zu reden und konnte nicht mehr allein essen. Nur einmal schaute er kühl drein und sagte

Aus.